CONSEILS

AUX

MAUVAIS POÈTES,

POÈME DE MIR TAKI,

TRADUIT DE L'HINDOSTANI,

PAR M. GARCIN DE TASSY,

Secrétaire-adjoint et bibliothécaire de la Société Asiatique de Paris, Associé étranger de celle de la Grande-Bretagne et de l'Irlande, membre honoraire de celle de Calcutta.

A PARIS,

A LA LIBRAIRIE ORIENTALE DE DONDEY-DUPRÉ PÈRE ET FILS,

IMP.-LIB. DE LA SOCIÉTÉ ASIATIQUE,

Rue Saint-Louis, N° 46, au Marais, et rue Richelieu, N° 67, vis-à-vis la Bibliothèque du Roi.

M DCCC XXVI.

CONSEILS

AUX

MAUVAIS POÈTES.

EXTRAIT

Du JOURNAL ASIATIQUE, rédigé par MM. DE CHÉZY, — COQUEBERT DE MONTBRET, — DEGÉRANDO, — FAURIEL, — GARCIN DE TASSY, — GRANGERET DE LAGRANGE, — HASE, — KLAPROTH, — RAOUL-ROCHETTE, — ABEL-RÉMUSAT, — SAINT-MARTIN, — SILVESTRE DE SACY, — et autres Académiciens et Professeurs français et étrangers,

Et publié par la Société Asiatique.

Il paraît, par année, douze Cahiers de ce Recueil, qui forment deux volumes in-8°.

Le Prix de l'Abonnement, pour l'année, est de 20 francs.

On ne peut souscrire pour moins de six mois ou d'un volume; alors l'Abonnement est de 12 fr.

Il faut ajouter pour le port,

Pour les Départemens.... 1 fr. 25 cent. par volume.
Pour l'Étranger......... 2 fr. 50 cent. *idem.*

On s'abonne à Paris, A LA LIBRAIRIE ORIENTALE DE

DONDEY-DUPRÉ PÈRE ET FILS, Imp.-Lib., Éditeurs-Propriétaires du Journal Asiatique, rue St.-Louis, N° 46, au Marais, et rue Richelieu, N° 67, où l'on peut se procurer le CATALOGUE DES LIVRES DE LANGUES ET LITTÉRATURE ORIENTALES;

Et chez les principaux Libraires de la France et de l'Étranger.

IMPRIMERIE DE DONDEY-DUPRÉ,
Rue Saint-Louis, N° 46, au Marais.

CONSEILS

AUX

MAUVAIS POÈTES,

POÈME DE MIR TAKI,

TRADUIT DE L'HINDOSTANI,

PAR M. GARCIN DE TASSY,

Secrétaire-adjoint et bibliothécaire de la Société Asiatique de Paris, Associé étranger de celle de la Grande-Bretagne et de l'Irlande, membre honoraire de celle de Calcutta.

A PARIS,

A LA LIBRAIRIE ORIENTALE DE DONDEY-DUPRÉ PÈRE ET FILS,
IMP.-LIB. DE LA SOCIÉTÉ ASIATIQUE,
Rue Saint-Louis, N° 46, au Marais, et rue Richelieu, N° 67,
vis-à-vis la Bibliothèque du Roi.

M DCCC XXVI.

A MONSIEUR

JEAN SHAKESPEAR,

PROFESSEUR DE LANGUES ASIATIQUES A L'ÉCOLE MILITAIRE DE LA COMPAGNIE DES INDES ORIENTALES, MEMBRE DE LA SOCIÉTÉ ROYALE ASIATIQUE DE LA GRANDE-BRETAGNE ET DE L'IRLANDE, ASSOCIÉ ÉTRANGER DE CELLE DE PARIS, etc.,

HOMMAGE

DE RESPECT ET DE RECONNAISSANCE.

INTRODUCTION.

L'ÉTUDE de la langue moderne de l'Hindostan (1), a été presque entièrement négligée par les orientalistes du continent de l'Europe : on convient, à la vérité, de son importance pour la politique et pour le commerce (2), mais on s'imagine que, dénuée de ri-

(1) Les naturels du pays appellent cette langue *hindi* هندی; ils lui donnent aussi le nom d'*ourdou zaban* اردو زبان, *langue de camp*, parce qu'elle fut formée au milieu des camps mogols ; et de *rekhta* ریختہ *semée*, à cause de la grande quantité de mots étrangers dont elle est comme parsemée. Les Européens ont adopté pour la désigner le mot hindostani هندوستانی (langue de l'Hindostan) ; cependant les Anglais la nomment vulgairement *moor* et les Français *maure*.

(2) La Bibliothèque du Roi possède une grammaire et un dictionnaire français-hindostani manuscrits, par Ouessant, qui était, avant la révolution, interprète du ministère de la marine. Voici un court extrait de la préface qu'il a placée à la tête de sa grammaire : « L'hindostani est le langage général de l'Hindostan, également entendu » dans tous les rangs et dans toutes les professions ; par les savans et » les ignorans, par le courtisan et le paysan, par les Indiens et les Mahométans; de sorte que c'est dans cette contrée la langue la plus utile » à un étranger. Il y a bien plusieurs idiomes provinciaux, mais chacun d'eux est renfermé dans des provinces particulières, tandis que » l'hindostani a l'avantage d'être le plus étendu, et d'être compris et

chesses littéraires, elle ne saurait mériter l'attention des savans. Cependant il n'en est pas ainsi : une foule d'auteurs distingués ont su tirer de ce riche idiome le plus heureux parti pour leurs brillantes compositions. Oui, les Hindous actuels ont, comme leurs ancêtres, une abondante littérature ; ils ne sont pas obligés d'étudier la langue sacrée de Bénarès pour lire de bons livres, pour admirer des vers harmonieux. Ils possèdent dans leur propre langue des traités sur les sciences, des chroniques intéressantes, des poèmes remplis d'invention, outre un grand nombre d'ouvrages de toute nature, traduits du sanscrit et du persan : en un mot, leur littérature est une des plus fécondes de l'Asie moderne. Comme, jusqu'ici, on n'a rien fait passer en notre langue des nombreux écrivains dont le génie a fixé celle de l'Hindostan, j'ai pensé qu'on ne lirait pas sans intérêt la traduction d'un petit poème hindostani qui pourra servir comme d'échantillon de cette littérature inconnue.

Mir Mohammed Taki میر محمد تقی, auteur de cette pièce de vers, l'un des poètes les plus célèbres de l'Inde moderne, est du nombre de ceux que l'on nomme صاحب دیوان, *auteur d'un recueil de poésies*, expression qui équivaut à celle de *grand poète*, et أُستاد, *maître*, c'est-à-dire *classique*. Il était d'Akbar-

» parlé d'un bout à l'autre de ce vaste empire, qui s'étend du cap
» Comorin à l'Usbek, et de la baie du Bengale aux confins de la
» Perse. »

abad, et vivait sous le règne de l'empereur mogol Schah-alem, fils d'Aurengzeb (1). Le recueil de ses œuvres a été imprimé à Calcutta (2), et le morceau que je publie aujourd'hui en français se trouve aussi dans les *Muntakhabat-i hindi* du savant orientaliste M. Shakespear, dont les excellens ouvrages, et les conseils affectueux, m'ont guidé dans l'étude de l'hindostani.

Le poème de Mir Taki, dont je donne ici la traduction, porte le titre arabe de تَنْبِيهُ الْجُهَّال que j'ai rendu par *Conseils aux mauvais poètes*. C'est une satire contre les sots qui s'imaginant être poètes eux-mêmes, parce qu'ils fréquentent des poètes, se mêlent de faire des vers sans une étude convenable de la versification. Dans l'introduction, l'auteur se plaint de la facilité avec laquelle les poètes de son tems admettaient dans leur société des gens de cette espèce, et leur donnaient des encouragemens. Il cite ensuite, comme un exemple de la manière dont les méchans poètes étaient anciennement traités, la réception que fit à Hilali, un gouverneur d'Ispahan. Je ne saurais garantir la vérité de cette anecdote, qui pourrait bien n'être qu'une simple fiction poétique. Sam Mirza n'en

---

(1) *Gilchrist's Hindoostanee Grammar*, Calcutta, 1796, p. 334.

(2) Koolliyat Meer Tuqee, the poems of Meer Mohummud Tuqee, comprising the whole of his numerous and celebrated compositions in the oordoo, or polished language of Hindoostan, edited by learned moonshees attached to the college of fort William. Calcutta, Hindoostanee press, 1811, gr. in-4° de 1088 pages.

parle pas dans l'article qu'il a consacré à cet écrivain dans son تذكرهٔ شعرا ou *Biographie des poètes persans* (1), article dont on peut lire la traduction, par M. le baron de Sacy, dans le tome V des Notices des Mss. de la Bibliothèque du Roi, p. 288 ; et par M. de Hammer, dans son *Geschichte der schoenen Redekunste Persiens*, p. 368-9. Du reste, si l'aventure est vraie, elle fait peu d'honneur au vizir d'Ispahan ; si elle est fausse, Mir Taki a eu tort de choisir Hilali pour en faire le héros de son anecdote. Cet écrivain, qui paraît effectivement avoir vécu du tems de Jami, est très-estimé chez les Persans ; on lui doit trois poèmes mystiques et allégoriques qui jouissent d'une célébrité méritée : le premier, intitulé شاه ودرویش, *le Roi et le Mendiant* ; le deuxième, صفات العاشقين *les Qualités des amans* ; et le troisième, مجنون وليلى, *Medjnoun et Leïla* (2).

---

(1) Manuscrit persan de la Bibliothèque du Roi, N° 247.

(2) Ces ouvrages se trouvent parmi les manuscrits persans de la Bibliothèque du Roi.

CONSEILS

AUX

MAUVAIS POÈTES.

Il fut un tems où les jeunes gens, qu'une imagination brûlante, un esprit fécond, rendaient propres à la poésie, venaient étudier, sous les plus habiles maîtres, les règles de ce bel art, se former à l'école du goût. A cette époque le public avait un discernement exquis; son impartiale justice savait balayer les immondices littéraires loin du champ de la poésie; aussi un sot ne se serait point mêlé de faire des vers; jamais un poète distingué n'aurait daigné communiquer avec lui. Les gens seuls qu'un talent supérieur mettait au-dessus du vulgaire, avaient le privilége d'être initiés aux mystères de la poésie. En effet, pourquoi tout le monde voudrait-il versifier? Cet art est-il nécessaire? Quel avantage civil ou religieux en résulte-t-il?.. Les plus vils métiers sont bien autrement utiles à la société : si le bottier, par exemple, ne se tient point dans sa boutique, où irez-vous faire réparer votre chaussure usée?... Vous êtes bien contraint d'aller chez lui, et de lui faire recoudre vos souliers, moyennant quelques petites pièces de monnaie. Au contraire, le besoin de poètes ne se fait nullement sentir; il n'en existerait point, que ce ne serait pas un grand malheur. Mais si la poésie est inutile sous le rapport civil, c'est bien autre chose sous le rapport religieux. Les compositions de nos jours ne contiennent guère que des exagérations aussi ridicules que mensongères; or, si la religion est incompatible avec la fausseté, comment les poètes, qui font un usage habituel du mensonge, pourraient-ils se flatter d'avoir une ombre de piété, de foi? — Ce n'était, jadis, je le répète, que les hommes distingués par leur talent, ou qu'une éducation soignée avait placés au-dessus du vulgaire, qui cultivaient la poésie. Les grands maîtres de l'art les affectionnaient et guidaient leurs pas timides dans les sentiers fleuris de l'élocution. Quant aux gens sans talent ou d'un rang inférieur, sans les traiter avec mépris, ils étaient loin d'encourager leur folle manie. Conçoit-on, en effet que des hommes totalement dépourvus d'éducation, livrés aux métiers les plus bas; que des fripiers, des apprêteurs de coton, par exemple, osent se parer des couleurs de la poésie, veuillent faire de l'esprit, briller par de bons mots? c'est cependant ce qui arrive tous les jours sous nos yeux. Des poètes, indignes de leurs fonctions, reçoivent dans leur société tous ceux qui s'y présentent. Nul examen, nulle enquête sur l'aptitude des candidats, rien ne saurait arrêter ce funeste prosélytisme; aussi l'art magique des vers (1) a-t-il perdu tout son lustre, tout son éclat.

Représentez-vous un sot que tourmente la fureur de versifier; voyez-le aborder deux ou trois de ces poètes qu'un faux zèle anime. Ils l'accueillent avec empressement, et après lui avoir appris des vers de leur propre composition, afin qu'il les récite au besoin, ils le conduisent à leur assemblée littéraire. Là ils prennent les premières places, et faisant asseoir à leur gauche l'apprenti versificateur, ils assurent à leurs confrères que ce nouvel élève a de l'imagination, de la finesse d'esprit, et qu'il ne peut manquer de devenir un poète distingué s'il continue à les fréquenter, et si leur amitié dirige ses essais. A ces mots, tous l'adoptent unanimement pour leur disciple, persuadés qu'il est digne de ce titre; et, en cette qualité, l'engagent à improviser sans crainte devant ses maîtres indulgens. Obéissant à leurs désirs, le nouveau rimailleur se met, d'un ton hardi et familier, à réciter des vers de sa façon. Nos poètes, ravis de joie, se lèvent à demi de leurs siéges comme pour mieux l'écouter, et ne cessent de lui donner des signes d'une approbation flatteuse. Le pauvre novice, égaré par ces sottes louanges, croit devoir abandonner les occupations de son état, pour se livrer entièrement à la poésie; et, persuadé qu'il est doué d'un génie supérieur, il finit quelquefois par devenir l'ennemi du talent.

---

(1) Les Arabes nomment la poésie سحر حلال, *magie permise*.

Souvent aussi d'heureuses dispositions sont détruites, de nos jours, par des louanges indiscrètes ou par une facile indulgence.

Tant qu'on a su discerner le bon poète du mauvais, les gens seuls, je le dis de nouveau, que distinguait un mérite réel, se mêlaient de faire des vers, et encore n'osaient-ils s'élancer dans la carrière poétique, qu'après avoir long-tems étudié sous les plus habiles maîtres. La présomptueuse ignorance ne pouvait se flatter de parvenir jamais à la considération littéraire ; que dis-je? les sots, qui persistaient à versifier, s'exposaient à être traités avec mépris et même à être fustigés comme le poète dont je vais retracer la fâcheuse aventure.

ANECDOTE.

Un jour Hilali se présenta chez le gouverneur d'Ispahan, grand amateur de poésie. Averti par son chambellan, le prince donna aussitôt l'ordre de l'introduire dans son palais. Il l'accueillit avec de grandes démonstrations d'honneurs et de vénération, et le fit placer avec empressement auprès de lui. Hilali, enchanté de cette réception, s'étend en louanges sur la noblesse et les bonnes qualités du prince, et la nuit qui s'avance ne peut arrêter le cours de ses éloges. Cependant, le visir fait malicieusement venir la poésie sur le tapis, résolu de sonder le talent du poète. Hilali ne se fait pas prier ; il récite des vers, mais malheureusement il commet plusieurs fautes grossières contre la mesure. Le prince, fin connaisseur, en est choqué, et sa bile s'allumant à chaque ânerie nouvelle : « Holà! quelqu'un, s'écrie-t-il, qu'on m'apporte un fouet... », et, saisissant de sa main vigoureuse, l'arme fatale, il en applique de tels coups sur les épaules du pauvre Hilali, que le poète tombe évanoui sans donner le moindre signe de vie. On le croit mort; on le transporte en grande hâte à son logis, et bientôt tout le bazar ne s'entretient que de cette nouvelle. Les héritiers d'accourir tout empressés.... ; mais voilà qu'Hilali revient de sa défaillance, et d'une voix faible articule ces mots : « Gardez-vous de croire que le Gouverneur soit ennemi de la poésie : au contraire, il l'aime et s'y connaît ; mais il est très-difficile sur cet article, et la plupart des vers qu'on fabrique aujourd'hui lui semblent détestables. Probablement il a trouvé des défauts dans les miens, et tel fut le motif de son grand courroux : car, du reste, il est bon, généreux, et plusieurs fois il a donné des marques de sa faveur à ceux de mes confrères qui ont été admis en sa présence. S'il m'a maltraité cette nuit, ce n'est pas une raison pour le calomnier. Je sens qu'il est nécessaire que je m'instruise plus à fond des règles du bel art auquel je me suis livré. J'irai trouver un habile poète, je me fixerai auprès de lui, je prendrai assidument ses conseils, et peut-être viendrai-je à bout d'acquérir les connaissances qui me manquent; peut-être pourrai-je parvenir à une certaine perfection dans la science des vers. » Il dit, et se levant, il alla de suite trouver le célèbre Jami. Il passa quelque tems auprès de ce poète distingué, occupé à exercer sous ses yeux ses dispositions naturelles. Enfin, lorsqu'il eut acquis le degré d'instruction et de facilité qui parut nécessaire à Jami, il quitta son instituteur et vint de nouveau se présenter à la porte du prince. Le chambellan, étonné de revoir celui qui naguère avait été si impitoyablement fustigé, alla sur-le-champ informer son maître de cette visite : « Le poète, lui dit-il, que votre seigneurie traita avec tant de dureté, est de nouveau à la porte du palais ; il demande la permission d'entrer. » — « Eh bien ! répondit le prince, rien de plus juste ; que personne ne s'oppose à ce qu'il vienne auprès de moi, j'espère qu'aujourd'hui il se retirera content. » Cependant Hilali arriva en la présence de l'émir ; mais il n'osait avancer, ni lever sa tête humiliée. Il resta quelque tems dans la même attitude, exposé aux rayons brûlans du soleil ; enfin le gouverneur lui fit signe de s'approcher, et ne le congédia qu'après l'avoir gratifié d'un cadeau magnifique. Un familier du visir, présent aux deux réceptions, prenant alors la parole : « Seigneur, lui dit-il, dans la première entrevue, après avoir parfaitement accueilli ce poète, vous lui avez cependant appliqué une cruelle volée de coups ; dans celle-ci, au contraire, vous lui faites un beau présent et le renvoyez sans cérémonie : je voudrais bien connaître le motif d'une conduite si différente. » — « Le voici, répondit le judicieux gouverneur : le mépris des règles poétiques, établies par nos ancêtres, est porté aujourd'hui à un point inconcevable ; que dis-je ? si l'ignorance en avait le pouvoir, elle les anéantirait toutes; ainsi la leçon que j'ai donnée à Hilali, la première fois qu'il s'est présenté devant moi, était nécessaire. Le bruit de cette aventure se répandra partout, et ceux qui croient avoir quelque talent ne se confieront plus en leur propre opinion, mais iront s'instruire auprès d'habiles maîtres; sans cela, chaque sot viendrait, plein de hardiesse, nous débiter ses impertinences, et, par degrés, la poésie deviendrait une infamie, le nom de poète un opprobre. Lorsque je fis fustiger Hilali, il ne possédait point l'habileté que donne la théorie de l'art des vers : aujourd'hui ce n'est plus le même homme, je l'ai trouvé digne de mes bienfaits. »

C'est ainsi qu'autrefois on savait distinguer le mérite, tandis que de nos jours on n'y fait pas plus d'attention qu'aux vers qui rampent sur le fumier. C'est ce défaut de discernement de la part du public, qui est la véritable cause de l'imperfection des compositions modernes. La médiocrité s'est frayé une route inconnue aux auteurs classiques, et reçoit les applaudissemens dus au talent. L'enthousiasme du génie, la pureté de l'élocution sont aujourd'hui comptés pour rien; chaque écrivailleur croit être le *Sahban* (1) de l'éloquence.

---

(1) Nom d'un poète arabe très-célèbre. On dit qu'il parla la moitié d'un jour pour faire conclure la paix entre deux tribus, sans répéter

Mais en voilà bien assez, ô mon *Calam*, arrête-toi, cesse de tracer des lignes inutiles. Les beaux siècles de la littérature sont passés. Quel est celui de nos concitoyens qui entende avec plaisir énoncer une pensée ingénieuse ? quel est l'homme qui puisse se flatter d'en bien comprendre le sens ? Je ne vois dans le monde que des gens sans capacité, et moi-même ai-je l'esprit nécessaire pour me placer au rang des poètes ?

---

deux fois le même mot. — Extrait du *Commentaire arabe de Hariri*, publié par M. le baron de Sacy, pag. 42.

FIN.

OUVRAGES

DE M. GARCIN DE TASSY

QUI SE TROUVENT CHEZ LES MÊMES LIBRAIRES.

Les Oiseaux et les Fleurs, allégories morales d'*Azzeddin el'Mocadessi*, avec une traduction et des notes. Paris, 1821, 1 vol. in-8° de plus de 400 pages. . . . 10 fr.

Exposition de la Foi Musulmane, traduite du turc de *Mohammed ben Pir Ali el'Berkevi*, suivie du Pend-Nameh de *Saadi*, traduit du persan, et du Borda, poème à la louange de Mahomet, traduit de l'arabe. Paris, 1822, 1 vol. in-8°. . . . . 3 fr.

www.ingramcontent.com/pod-product-compliance
Ingram Content Group UK Ltd.
Pitfield, Milton Keynes, MK11 3LW, UK
UKHW020539180726
13839UKWH00006B/2617